艾莉絲・方特內 Élise Fontenaille —— 文　維奧萊塔・羅培茲 Violeta López —— 圖　周伶芝 —— 譯

爺爺的花園

les poings sur les îles

我今年六歲，開始學習認字和寫字，我很喜歡。

我在爺爺家練習讀寫。

每個星期三和星期天，都是他負責照顧我。

他住在一間很小的房子裡，那是他自己蓋的。

在房子周圍有一座花園，

裡頭種滿了很多不可思議的蔬菜和水果。

來到花園，大家會以為來到另外一個世界。

只要是好天氣，我就會待在花園裡，

拿出我的筆和本子，坐在小木桌前。

媽媽說，爺爺有一雙綠手指。

他只要在土裡放一顆種子，種子就會自己發芽生長。

他的四季豆會長得像天一樣高，

他的朝鮮薊像頭一樣大顆，他的蔥像排排站的士兵。

「我從來沒看過這種花園。」媽媽說。

所有的園丁都很嫉妒爺爺和他的花園。

「土地，就是我的媽媽。」爺爺常常這樣跟我說。

爺爺會說鳥語。

當他開口跟鳥兒說話，山雀會回應他。

他知道花園裡所有鳥的種類。

他會教我認鳥：黃鸝鳥、山雀、知更鳥、麻雀、夜鶯、椋鳥⋯⋯。

爺爺會和他的貓咪——小魔拉，討論事情，

他們有時候還會吵架。

爺爺不是在這裡
出生的。

他說話的時候，聽得出來有口音，
他來自別的國家。
那時候，他只有十一歲。
他是自己一個人走路過來的。
為了逃離戰爭和苦難，
他越過了高山、丘陵、原野，
然後來到了我們現在住的國家。
爸爸告訴我，爺爺沒有童年。

他ㄊㄚ沒ㄇㄟˊ上ㄕㄤˋ過ㄍㄨㄛˋ學ㄒㄩㄝˊ。

跟ㄍㄣ我ㄨㄛ一ㄧ樣ㄧㄤ大ㄉㄚ的ㄉㄜ時ㄕ候ㄏㄡ， 他ㄊㄚ就ㄐㄧㄡ已ㄧ經ㄐㄧㄥ整ㄓㄥ天ㄊㄧㄢ在ㄗㄞ田ㄊㄧㄢ裡ㄌㄧ辛ㄒㄧㄣ苦ㄎㄨ工ㄍㄨㄥ作ㄗㄨㄛ。
他ㄊㄚ不ㄅㄨ認ㄖㄣ識ㄕ字ㄗ， 不ㄅㄨ會ㄏㄨㄟ讀ㄉㄨ、 也ㄧㄝ不ㄅㄨ會ㄏㄨㄟ寫ㄒㄧㄝ，
甚ㄕㄣ至ㄓ不ㄅㄨ認ㄖㄣ得ㄉㄜ自ㄗ己ㄐㄧ的ㄉㄜ名ㄇㄧㄥ字ㄗ。
他ㄊㄚ的ㄉㄜ家ㄐㄧㄚ裡ㄌㄧ， 沒ㄇㄟ有ㄧㄡ書ㄕㄨ也ㄧㄝ沒ㄇㄟ有ㄧㄡ報ㄅㄠ紙ㄓ。
家ㄐㄧㄚ裡ㄌㄧ的ㄉㄜ牆ㄑㄧㄤ上ㄕㄤ， 滿ㄇㄢ滿ㄇㄢ都ㄉㄡ是ㄕ動ㄉㄨㄥ物ㄨ和ㄏㄜ花ㄏㄨㄚ朵ㄉㄨㄛ的ㄉㄜ圖ㄊㄨ案ㄢ：
那ㄋㄚ些ㄒㄧㄝ全ㄑㄩㄢ都ㄉㄡ是ㄕ他ㄊㄚ畫ㄏㄨㄚ的ㄉㄜ。
有ㄧㄡ時ㄕ候ㄏㄡ， 我ㄨㄛ們ㄇㄣ會ㄏㄨㄟ在ㄗㄞ花ㄏㄨㄚ園ㄩㄢ裡ㄌㄧ一ㄧ起ㄑㄧ畫ㄏㄨㄚ畫ㄏㄨㄚ，
他ㄊㄚ畫ㄏㄨㄚ的ㄉㄜ總ㄗㄨㄥ是ㄕ比ㄅㄧ較ㄐㄧㄠ好ㄏㄠ看ㄎㄢ。
「簡ㄐㄧㄢ直ㄓ就ㄐㄧㄡ像ㄒㄧㄤ是ㄕ大ㄉㄚ畫ㄏㄨㄚ家ㄐㄧㄚ畫ㄏㄨㄚ的ㄉㄜ 。」 爸ㄅㄚ爸ㄅㄚ說ㄕㄨㄛ。

有一天，我拿出筆記本寫字。
爺爺站在我身後，彎下腰，越過我的肩膀，
看著我寫字。
「要不要我教你？」我問他。
他嘆了口氣。
「唉，對我來說，現在開始有一點太晚了。
我的腦子不中用了。」

我喜歡爺爺說話的方式。

他老是說：「別青青菜菜。」
意思是「要把事情做好」。
我也常常這樣說。
有一次，學校的老師教我：
「這句話應該要這樣說：『別馬馬虎虎！』」
我想要教爺爺。
不過最後，我還是什麼也沒說。

爺爺在工地裡長大，因為他得不停的工作。

在工地工作的爺爺沒有家，他都睡在拖車裡。
我聽了覺得很好玩，在拖車裡生活……。
我一直覺得住在裡面像是在度假。

爺爺是位了不起的廚師。

他的爐子上永遠都在燉東西，　聞起來很香。
他的拿手菜，　都是一些「香土特色菜」。
「是『鄉土特色菜』！　」老師糾正我。

我們常常到田野裡採集一些野生植物。
但是一定要小心，　必須要先懂得辨認：
有些可以拿來吃，　味道很好；　有些是有毒的。
這些在書裡學不到，　但是爺爺會教我。
「野生蘿蔔聞起來超香的。　」
毒芹跟野蘿蔔長得很像，
但它發出的臭味可以薰死一隻老鼠：
要是一頭母牛吃了毒芹，　牠肯定會完蛋。

爺爺手臂上有滿滿的刺青：
一朵玫瑰、一把刀、一條美人魚、一艘船……，
那是他年少時的回憶。
他的刺青引發我的想像，我把那些圖案都畫在筆記本裡。
「那個時候啊，最好不要惹我。我二十歲的時候，
可是一點也不怕找人打架……。」爺爺跟我說的時候，
手上還拿著一把鏟子，一副碼頭工人的樣子。
「我那時候都穿運動貼肉衣。」他說。
他指的其實是運動緊身衣。
「我也要，我也很想有一件運動貼肉衣。」
下一個星期天，他在市場幫我買了一件。
我穿上之後，覺得自己看起來像個大力士。

天氣好的時候，爺爺就會待在櫻桃樹下，彈吉他唱歌。
小鳥會和他一起唱和。
貓咪小魔拉會把頭放在他的手掌裡磨蹭討摸，
還會輕輕挑弄琴弦。
牠每次都會來挑弦，我都樂得笑呵呵。
爺爺一點也不介意，他很喜歡貓咪。

我會和爺爺一起唱外國歌，
雖然我也不太懂歌詞在說什麼，
就是在講些什麼女人、戀愛的心、蝴蝶之類的。
可是，我超愛這些歌。

學期結束前的某一天，
我連續念了兩頁的文字給爺爺聽，
那是一首詩：〈貓與鳥〉。
當時是六月，櫻桃樹上已經結滿了黑櫻桃，
小鳥不停飛來偷櫻桃，小魔拉想要抓住牠們。
「沒問題了，你學會讀和寫了。」爺爺跟我說。
他站起來，拿了一大包東西給我。
是一把吉他，要送給我的！我馬上試彈，刷刷！
我快樂的像個國王。
爺爺拿回吉他，示範給我看。
「它對你來說有點大。不過，不要緊，
你的手指，還會再長大的。」

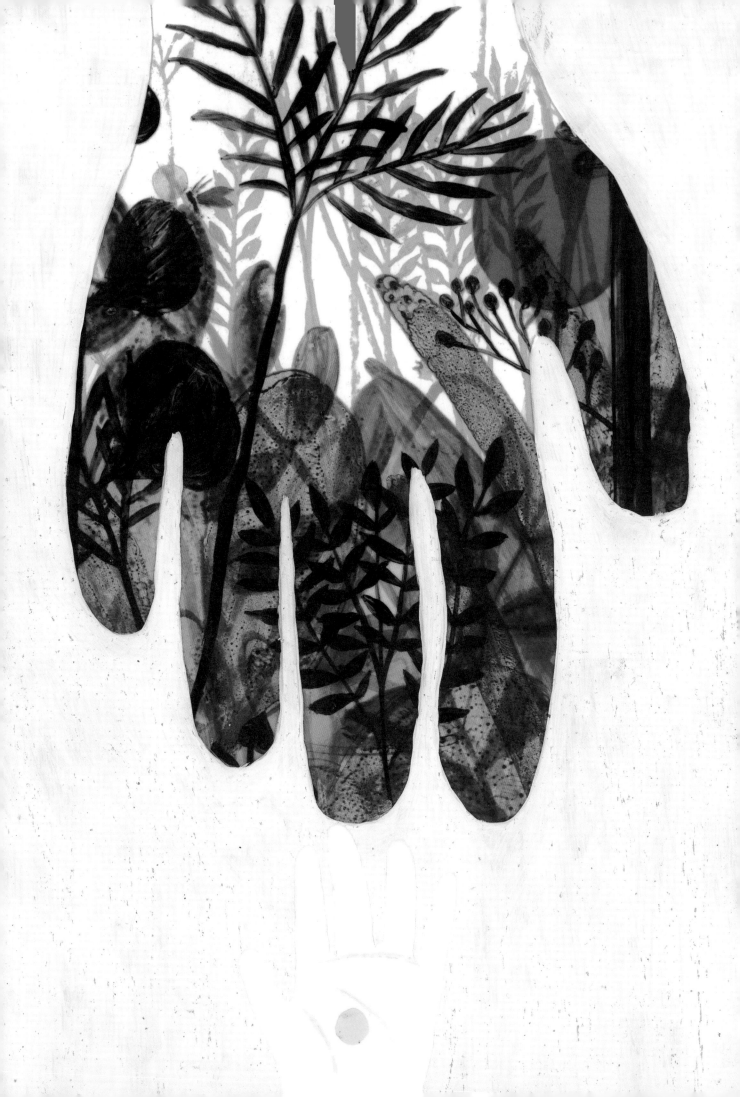